林煥彰截句

截句 111

● 不純 為截句

林煥彰 著

截句
●
截句不純為截句，四行而已

4

行詩

少少的四行，

為心之所繫。

顛三倒四，隨心所欲；不寫也可以——

林煥彰截句

【截句詩系第二輯總序】
「截句」

李瑞騰

　　上世紀的八十年代之初，我曾經寫過一本《水晶
簾捲——絕句精華賞析》，挑選的絕句有七十餘首，注
釋加賞析，前面並有一篇導言〈四行的內心世界〉，談
絕句的基本構成：形象性、音樂性、意象性；論其四
行的內心世界：感性的美之觀照、知性的批評行為。

　　三十餘年後，讀著臺灣詩學季刊社力推的「截
句」，不免想起昔日閱讀和注析絕句的往事；重讀那
篇導言，覺得二者在詩藝內涵上實有相通之處。但今
之「截句」，非古之「截句」（截律之半），而是用
其名的一種現代新文類。

　　探討「截句」作為一種文類的名與實，是很有意
思的。首先，就其生成而言，「截句」從一首較長的

詩中截取數句，通常是四行以內；後來詩人創作「截句」，寫成四行以內，其表現美學正如古之絕句。這等於說，今之「截句」有二種：一是「截」的，二是創作的。但不管如何，二者的篇幅皆短小，即四行以內，句絕而意不絕。

說來也是一件大事，去年臺灣詩學季刊社總共出版了13本個人截句詩集，並有一本新加坡卡夫的《截句選讀》、一本白靈編的《臺灣詩學截句選300首》；今年也將出版23本，有幾本華文地區的截句選，如《新華截句選》、《馬華截句選》、《菲華截句選》、《越華截句選》、《緬華截句選》等，另外有卡夫的《截句選讀二》、香港青年學者余境熹的《截竹為筒作笛吹：截句詩「誤讀」》、白靈又編了《魚跳：2018臉書截句300首》等，截句影響的版圖比前一年又拓展了不少。

同時，我們將在今年年底與東吳大學中文系合辦「現代截句詩學研討會」，深化此一文類。如同古之絕句，截句語近而情遙，極適合今天的網路新媒體，我們相信會有更多人投身到這個園地來耕耘。

【自序】
截句111，不純為截句

林煥彰

　　小詩是我常常在寫的一種形式的作品，這本小詩集，不在自己計劃出版之列。年初自己設定想編輯出版一套自選集的事，因此耽擱了！因為詩人好友白靈催生的動力超強，他要我也編一本參加他和蕭蕭提倡的「截句詩」創作行列，我只有遵命把近十年來寫的、合乎「截句詩」四行以內的部分東西整理出來，湊成這本薄薄的小詩集，計111首，書名就取為《林煥彰截句——截句111，不純為截句》。

　　白靈和蕭蕭都是我所尊敬、敬佩的著名詩人和詩學評論家；從他們年輕開始，直至現在，我沒有改變我對他們的成就和敬重的看法，只有增加。

　　白靈和蕭蕭自去年提倡「截句詩」創作後，我沒

表示跟進，也沒反對，原因是本來我也喜歡寫小詩，
從年輕開始；但我所鍾愛的小詩，比「截句詩」多了
二行；我提倡六行小詩（含以內），從2003年元旦
起，在泰國、印尼我執編的兩個《世界日報》副刊開
闢「刊頭詩365」專欄，公開徵稿，天天見報；並從
2006年7月1日起，在曼谷先成立「小詩磨坊」，後來
也希望新加坡、馬來西亞等國家地區跟進，每年出版
一本同仁作品合輯《小詩磨坊》專集，可惜新馬兩個
國家地區的同仁都只各出版一輯就停了，只有泰國迄
今仍如期年年七月推出，由我主編的《小詩磨坊・泰
華卷》詩集；同仁也由原先的「7＋1」八位，增加到
十三位；今年已出版第十二輯。

　　小詩，多小才算小？未有定論，也不必定下規
範，自己喜歡，認真寫就是了！

　　近年，我常接受朋友委託，為他們指定題材寫
詩；寫作這類作品，我常會自我設定，以小詩為主，
尤其是系列的組詩，感覺小詩比較適合做規範性的思
考寫作，寫來較能得心應手，一首接一首，不僅不影
響延誤交卷期限，也能有自我感覺良好的一種成就

感，而且不會影響自我要求詩的最低標準出現；我整理這些東西，恰好算是符合了白靈和蕭蕭要推廣的「截句詩」四行形式，在這裡我就可以拿出現成的東西來交卷，如「輯一」《霧淞・語花》16首，是應邀為著名攝影家鐘永和先生「吉林霧淞」攝影作品展而寫；吉林、松花江是我沒有去過的地方，霧淞是什麼景象，我也沒有機會見過，完全是憑著照片上的畫面給我的感覺，寫我個人當下的心境；而名家攝影作品，畢竟是有它成功的藝術魅力，能喚起我的特殊感受悟性。這卷作品，雖說是一種新的挑戰，和平時一般寫作思維習慣方式是截然不同的，但我都還覺得滿順手，很開心有了不同的寫作經驗，可當作自我訓練的另一種創作方式。

　　至於「輯二」2007至2014的作品，28首；「輯三」2015和2016的作品，18首；「輯四」2017，16首，以及「輯五」2018，33首，是從我平時寫作的部分小詩（六行以內）中挑出來的；基本上，其形式我是沒有受到所謂「截句」的概念影響，自然也就無所謂「截句」的規範，只是我長久以來寫小詩習慣了，

直覺因為內容需要，寫當下所該寫的由內容來決定行
數和形式，自然而然就有了這些現成的東西。

　　以上是我對自己寫小詩的緣由做出了這些交代，
希望自己也算是白靈、蕭蕭積極提倡、推動「截句
詩」創作者的同行之一；在此有機會被列入這一波
「截句」詩集大翻轉出版之際，誠懇祝賀「截句詩」
在華文詩壇上繼續大放光彩，成為小詩的主流之一。

　　　　　　　　（2018.08.07／10:48研究苑）

目　次

輯二｜2007-2014作品

輯三 | 2015-2016作品

輯四 | 2017作品

輯五｜2018作品

霧淞・語花

霧淞島‧心語

歡迎你，以潔白心境
日夜冰心，天地無邪

樹掛晶瑩剔透，
人間無瑕，松花江上

（2017.12.13／05:11研究苑）

霧淞‧花語

冷，冷，再冷
就不冷；

愛會結晶，透明。

（2017.12.09／09:11社巴下山途中）

樹掛・樹語

冰，雪，潔白

冰天雪地；

心境，清純，幽靜。

（2017.12.09／09:26捷運板南永春）

霧淞‧心語

非冰，非雪

比冰比雪，晶瑩潔白；

如霧非霧，霜雪無垠……

（2017.12.09／09:32板南國父紀念館）

霜雪‧鳥語

霜之後，雪之後

冬天之後，等等……

有心，春天就會來。

（2017.12.09／13:45胡思書店）

霧淞‧冷語

冷夠了，就不冷

想過了，就不想；

樹掛，整個冬天都在想。

（2017.12.09／19:00捷運板南西門）

樹掛·雪語

雪，有雪花
雪，有雪印；

樹掛，要掛多久？
我一直在凝望，也一直在想……

（2017.12.09／19:25捷運將到昆陽）

霜雪・無語

冷，要幾度，才算？

冰和霜和雪；

我想，他們就是一家人。

（2017.12.09／20:38回山區的社巴上）

雪人‧獨語

白，白，白，冰天雪地
松花江畔，我獨行；

雪花雪白，我是雪人⋯⋯

（2017.12.10／04:09研究苑）

天問‧草語

霧淞島上韓屯村，
樹掛剔透晶瑩，
農家戶戶披著雪白冬衣；

天問，冷嗎？

（2017.12.10／04:19研究苑）

冰封‧霧語

從無到有，從有到無
夜看霧，晨看掛……

皚皚冰封雪地，我在松花江上

（2017.12.10／04:40研究苑）

林煥彰 截句

雪印・耳語

排排雪浪，皚皚雪花
朵朵雪印，走向白色世界；

霧淞島上樹掛仙景，奇境……

（2017.12.10／05:08研究苑）

林煥彰截句

入冬‧詩語

冷，靜，極目處
心安放的故鄉，紫薇緋紅

凝視心靈，奇幻仙境。

（2017.12.13／09:15研究苑）

編織‧樹語

多少寒冬，我們冷過
寒過，未被凍傷

樹枝編織樹枝，樹掛枝枝
掛著明亮的眼珠。

（2017.12.13／10:10研究苑）

冬夜‧禪語

編織再編織，細密樹掛

都成為心中的牽掛，再冷

也要掛上我們晶瑩的眼珠；

年年冬夜，如斯入定

（2017.12.13／10:31研究苑）

炊煙・微語

炊煙微弱，微熱嬝繞
瀰漫整個天空；

屋裡暖爐啟動了，我們該有
一壺酒，一杯咖啡……

（2017.12.13／14:06研究苑）

詩外

　　這輯小詩16首，從2017.12.09/09:11我在社區巴士下山途中開始寫下〈霧淞・花語〉，到最後一首2017.12.13/14:06，在我住家研究苑社區完成〈炊煙・微語〉等，其他極大部分作品，都是我在路上寫的；這項邀約是急迫性的一種工作，必須限期完成，因同鄉好友攝影家鐘永和付託，是不可推拖的，我便勉力設法克服；好在近十多年來，我在「周遊列國」國內外講學漂泊生涯中，已經養成了隨時隨地可以把自己從人群中抽離、孤立起來，進入一個全然孤寂寧靜的思索世界。

2007-2014作品

冬天的小腳丫

落葉掉了一地，風吹過
它們就隨風亂跑

那是冬天的小腳丫──
這冬天，走得有點兒零亂了。

（2007）

有鳥飛過

鳥從窗前飛過，

那面窗被割了一道線；

我想用詩修補它。

（2007）

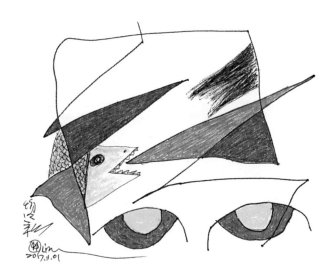

收集

睡蓮，收集月光。

湖，收集倒影。

夜，收集寂寞。

我，收集孤獨。

（2007）

空

鳥，飛過——

天空

還在。

（2007）

牽掛

把貴重的東西

放在心上，隨心帶走

要上哪兒就上哪；

無牽無掛。

（2007）

睡與醒之間

櫻花，一夜都爆開了！
櫻花，一夜都謝落了！

她只輕輕一眨眼，我就
睡了，又醒了！

2017.11.02

木耳

樹，長出耳朵；

聽，

寂靜的聲音。

瀑布

山，尿尿了

雨後，

憋得太久了！

頑石說

水，從山上衝下來；
他要我揹他……

我請他，
自己走路！

椅子看風景

椅子，請坐。

椅子兀自坐著。

椅子，請坐。

椅子自己坐著。

星子睡不著

夏夜，每顆星子都
睡不著；
把自己點亮，忙著
為我寫情詩。

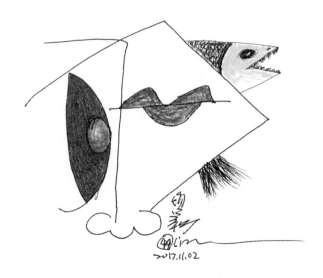

已過立春

雨用嘮嘮叨叨的方式，

細數她的腳步聲；

這小妮子啊！總是

慢慢吞吞；要人等她……

行道樹

你走，我不走，

我看日月，
日月，看我。

你走，我不必走。

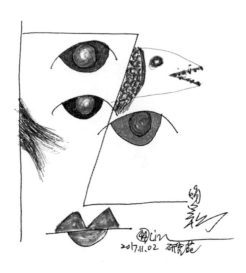

夢的渡口

在將睡未睡的渡口，
枕頭是隻載夢的小舟；

我是整夜守在渡口等著
擺渡的老翁。

（2012.07.26／01:46夜宿宜蘭大姊家）

夢的小舟

夢的小舟，泊在
醒與睡的岸邊，
等待擺渡的老翁；

整夜守在將睡未睡的渡口。

（2012.07.26／01:46夜宿宜蘭大姊家）

擺渡無人

夜已三更；

夢的小舟還泊在

將睡未睡的渡口，

無人擺渡！

（2012.07.26／01:46夜宿宜蘭大姊家）

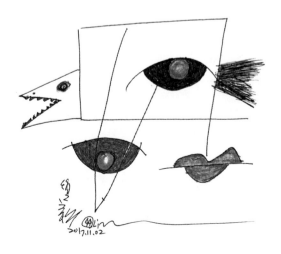

1+1=1

想，不想；在回想中

──你和我。

在睡與醒的夢的邊沿，

我們醒著，也睡著了

（2012.11.14／03:12研究苑）

婚姻祕語

婚姻是極簡的問題

1+1=2

1-1=0

你選擇哪一題

貓與夜晚

白天，我當了一天的哲學家
夜晚，我要當詩人

以星星點點，守候
天上明月。

（2014.04.13／08:13研究苑）

與貓對話

貓在我瞳孔中，無限放大

夜是深了

牠膽子就更大，直瞪著我的眼睛

今晚，我們可以做些什麼？

（2014.04.22／16:55研究苑）

要，不要

不要讀我的詩，

請讀我的心；

詩，用文字寫

心，血肉生……

（2014.04.28／22:05研究苑）

寒流之夜

滴滴答答

雨，敲響夜的神經

我已回應

不寐的眼神。

陀螺的想法

翻轉，不翻轉；
原地自轉。

長長，久久
一生都在轉……

（2014.12.09／09:39捷運忠孝新生）

翻轉的翻轉

翻轉，翻轉，再翻再轉

翻轉現在的翻轉，以及未來

下一代的未來，

以及未來的下一代⋯⋯

（2014.12.11／07:33研究苑）

農村即景

安靜。安靜。

有盞燈在水田中，
鷺鷥在想什麼？

天暗就回家。

（2014.12.12／21:59研究苑）

孤獨的椅子

椅子喜歡思考，最好是

自己坐著；

思考是必要的，不怕寂寞。

椅子一生，自己咀嚼自己回味……

（2014.12.17／09:13去三峽，在921公車上）

瓷磚上的落葉

日，月
光陰；下棋。

時間，空間，
對弈。

（2014.12.29／09:00研究苑）

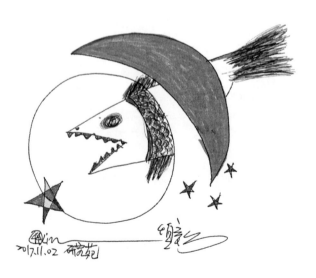

白雲悠悠

一群綿羊，在天上
無憂無慮；

風來怎樣，風不來又怎麼樣
人生不都這樣，那樣……

　　　　（2014.12.29／15:00捷運車到府中站）

林煥彰 截句

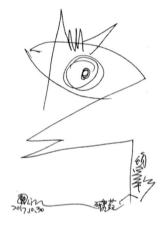

2015-2016作品

隱形眼淚

眼淚有不同濃度，有一滴
與身世有關，總是隱形
凝固；

懸掛在眼角心底！

（2015.05.09.03／13:07捷運行天宮）

懷中的小提琴

我在想妳，

每個高音和低音⋯⋯

想妳，我懷中的

小提琴。

（2015.07.05／研究苑）

模特兒換衣服

模特兒換衣服，不是自己要換

在櫥窗裡，她被剝得一身淨光；

店員沒順手替她穿新衣，

人來人往，大家都朝著她看！

（2015.11.21／10:45研究苑）

人

天生兩隻腳，

會走路；一輩子都走路吧！

天生一雙手，

會做事；一輩子都做事吧！

（2015.12.研究苑）

存在非存在

不存在之存在，乃存在之不存在；

在風之中，我在雲中
在水之中，我在氣中

不存在即存在，不必在乎存在不存在

（2013／20:39昆陽）

荷心

我心讓祢穿越；

捧著一朵待放的

荷花，

跪在佛足之前……

（2016.02.15／10:23捷運）

荷淚

露珠含淚，
深夜留下；

荷葉捧著，
給朝陽。

（2016.02.15／10:33捷運）

笑與哭

該笑的時候，我會笑

該哭的時候，我不一定會哭；

哭與笑，也是另一種

笑與哭。

（2016.02.23／11:55去羅東首都客運上）

睡與醒

睡的時候，我活著
醒的時候，我也活著；

不睡不醒時，
另一種活。

（2016.02.23／13:06羅東芊田餐廳）

空，空空空

我習慣把空當有，

走到哪都輕鬆；

悟空悟空，我一生都是

空，空空空……

（2016.02.18／08:01研究苑）

二胡傷心

二胡拉著天地，拉著風雨
每根弦都拉傷了我的心；

不只傷心，也傷天地父母
我是負心的人，弓著身……

（2016.04.02／清晨研究苑）

知道1

知道知道我知道了，

我知道了我什麼都不知道！

（2016.06.14／15:20廣州黃埔開發區二小）

知道2

知道，知道

我知道了，

我知道了，

我什麼都不知道！

（2016.06.14／15:20廣州黃埔開發區二小）

秋思之惑

什麼都不敢想，我有什麼可以想？
什麼都不能想，我不敢有非份之想；

非份的，秋雨綿綿連日連夜，有夠長
非份的，你痛我痛，我們都會隱隱作痛！

（2016.10.14／12:32研究苑，連日豪雨）

筷子快想
——物件詩1

筷子是直的，它們也會想
最好成雙，同進同出；

它們也懂得，同甘共苦
這是祖先留下的，最好的美德。

湯匙慢想
──物件詩2

湯匙也有自己的想，

不渴也要喝，替別人喝

要在吃飯之前

喝。

（2016.11.25／20:32剛回到研究苑的家）

雪花有雪的心事

我的頭髮，比芒花

白，更接近雪

貼近自己的心；

願，一切歸零。

（2016.11.29下午羅東芊田咖啡餐廳，

蘭陽小詩磨坊讀詩會）

黑白之辨（辯）

黑的，黑的

不等於髒，黑的是晶亮的；

白的，在黑的上面

屬於汙點。

（2016.12.25／10:18礁溪晶泉豐旅11F餐廳）

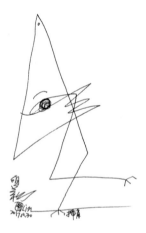

2017作品

我在路上1

一個人，就有

流浪的理由；背後更多……

我在路上，我必須

向前走……

（2017.02.18捷運板南線上，

憶寫02.05青年詩人曾念有心攝我背影和心境？）

我在路上2

早上回礁溪，晚上回臺北；

一個人在路上，
走到哪兒——

都算回家。

（2017.03.05／13:16在下山的社巴上）

斷句・想她1

我在想她，她不必知道
詩知道；我不會騙她，
在最想她的夢裡，依樣
隱藏著。我在想她……

（2017.03.06／08:00捷運已過頂溪）

斷句‧想她2

在想或不想之間，也許

是一種痛；

我還是選擇想，讓它

更痛。我在想……

（2017.03.06／08:20公車921去三峽途中）

家書三行

想家的時候，我在千里之外；
不想家的時候，我把家放在心中；

家，永遠是我放心的地方。

（2017.04.20／21:01在南京玄武湖畔春季講學旅次中）

人生的高度

走路，我踏著自己的心

穩，一步一步登上心中的

玉山；人生的高度

自己標示。

（2017.05.01／07:54捷運車過東門）

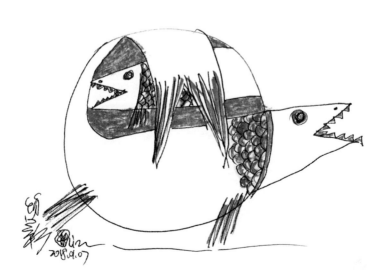

敲我，天地迴音
——觀仁德糖廠文創園區十鼓表演

敲我！敲我！敲我！敲我！敲我！敲我！敲我！
　敲我！敲我！敲我！
重重的敲我！

十鼓，十張大牛皮繃成的十個大鼓，它們說：
敲我！敲我！敲我！敲我！敲我！敲我！敲我！
　敲我！敲我！敲我！

（2017.05.06／12:46竹山紫南宮朝聖之後）

想她
──序有顏色的詩

二三月插秧

四五月就鋪滿了翠綠的地氈

這是我蘭陽的故鄉

我常在夢裡想她

（2017.05.17／13:01車過壯圍鄉）

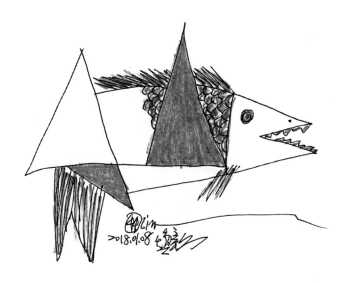

給她
——第一首有顏色的詩

桐花的白，真白

有黑咖啡提神，六月也值得等待；

漫漫長夜，只為寫一個有心的字。

（2017.05.18／10:50研究苑）

還她
——第二首有顏色的詩

想她，給她，還得還她

嘔心瀝血，那顏色夠鮮夠美

我如何保鮮

一生夠長，那期限是我剛從心中掏出來的

（2017.05.18／12:12研究苑）

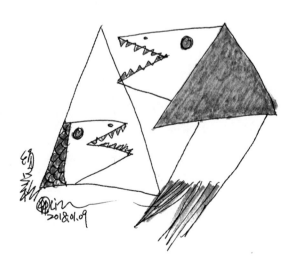

念她
——第三首有顏色的詩

海天一色，再遠也不過我的專注

眨眼瞬間；藍，非普通的藍，

帶著憂鬱及其他，不便細說

地中海、挪威、冰島，哪有資格想她？

（2017.05.20／21:03研究苑）

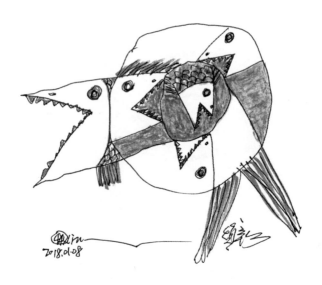

愛她
──第四首有顏色的詩

蝴蝶從不計較她該擁有多少，

玫瑰、薔薇、月季、牡丹……

飛來飛去，不必全都穿在身上

（2017.05.22／20:29研究苑）

揉她
——第六首有顏色的詩

一心二葉，如何揢她

才不傷及自己的心？

有日有夜，夜夜葉葉都得悉心

揉，從未聽她喊過一聲痛！

（2017.05.23／17:30 CI509飛無錫途中）

如她
——第九首有顏色的詩

如果白是一種顏色，我的愚蠢無知

也當接近她；

如果黑是一種顏色，我的白癡單純

也當等同她！

（2017.06.04／23:09研究苑）

山裡的雨

山裡的雨，他們在深夜

也忙著趕路；

已經第十天了，夜夜都踩著

每片葉子的胸口，急急遠去……

（2017.12.04／07:23研究苑）

寒風中的野菊

未達萬苦，已至千辛

冷冷尖硬，刺骨

夜夜擁冰自囚；在石縫中，

年年夜夜，寒風親灼……

（2017.12.05／12:53研究苑）

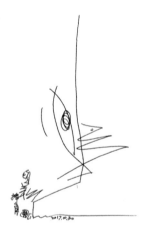

2018作品

走進心中

孤獨，方便走進自己心中
我不怕自己一個人行走；

宇宙再大，我再渺小
在自己心中，我不會迷路

（2018.01.10／08:14研究苑）

沙發

一個矮胖的婦人——
美國人，俄羅斯人，歐洲人、澳洲人……

一坐下來就不知道，
她應該站起來！

（2018.01.16／03:03研究苑）

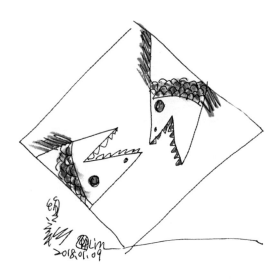

寒流之後

急凍。寒流。再加
地震——

如果，每晚睡前都要有首小詩
今晚咳嗽，算，不算？

（2018.02.07／03:44研究苑，室溫11度）

壁虎‧斷尾

壁虎，斷尾求生

一首爛詩，去頭去尾
截手截腳，再攔腰

切斷！

（2018.02.07／04:22研究苑）

春天是一隻鳥

春天是一隻鳥，一隻百靈鳥；
雨停了，牠就飛出來！

春天是真誠的，牠帶來的是
百花的祝福

（2018.02.24／08:12研究苑）

春天是一首歌

春天是一首歌，一首不朽的歌

它讓百鳥來唱，

也讓每一個人唱，

唱出自己最美的情歌！

（2018.02.24／08:28研究苑）

放大縮小

翅膀習慣，放大
天空；

我有了它，天空就縮
小了！

（2018.02.24／00:20研究苑）

如果有如果

如果讓時間逃離鐘面，如果

春天不必再擔負四季的一季，

如果我有很多的如果，

我就什麼都不用想了——如果如果

（2018.02.25／08:24研究苑，聽雨聲）

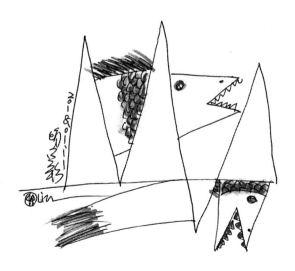

禪心

禪，

簡簡單單；

心，

減減淡淡……

（2018.02.25／11:04研究苑，雨停）

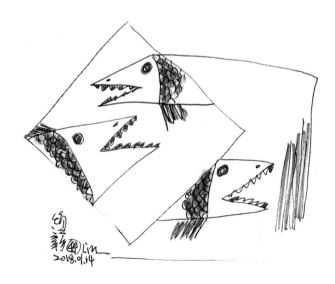

春雨·非非

有一種嘮叨，叫春雨
你有耐心聽它嗎？

天地同心，祂說
禪語霏霏，耳語非非……

（2018.02.26／08:08搭社巴下山）

蝸牛說1

我媽媽說：

不怕慢，只怕站。

所以，我牢牢記住——

我一生都要在路上。

（2018.03.02／19:11戊戌元宵，

在昆陽便利商店等社巴回山區的家。）

蝸牛說2

很簡單的一句話；

蝸牛說：

快了！快了！

牠自己勉勵自己。

（2018.03.02／22:24研究苑）

附註：

　　其實，牠說這句話的時候，牠還在山腳下，但牠的目標是：明天的明天的明天，牠要爬到蝸牛山上，和太陽打招呼：嗨！我還是比你早到。

　　蝸牛牠這樣說，牠讓我寫了這首詩，我很開心。這是我寫詩的一種發想。

它們，不是我們

它們，不是我們；

它們，沒有葉子
天空，還是它們的

不是我們的。

（2018.03.17／10:55新店花園新城

蘭溪秋水詩屋，春季詩會）

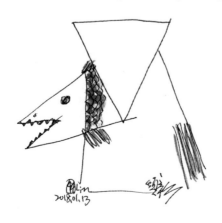

寂靜對話

寂靜。在心中，
仍同海的潮汐，我藉它
和日月星辰，
對話。

（2018.04.19／06:35研究苑）

一滴淚

為什麼要哭，不哭

淚，到底還是擠出來了

綠色的，如寶石珍珠

如祖母的眼淚！

（2018.04.26／19:55在昆陽便利商店等社巴）

酒與淚

酒，一瓶一瓶
故鄉淚！

淚，一口一口
燒傷離鄉背井的人……

（2018.05.02／06:03研究苑）

簡單・生活

早安。午安。晚安。平安。
早餐。麥片。音樂。詩畫。

生活，簡單。
人生，簡單。

（2018.05.03／07:30研究苑）

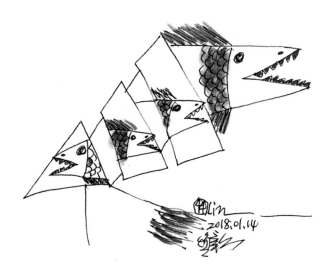

七里十里

七里十里，今晚要香到幾里

巴克禮公園初夏的夜晚，
我寶貝的七里香，妳要不要
陪我走進夢裡的故鄉？

（2018.05.20／22:42研究苑）

附註：

　　巴克禮公園，在臺南市區，紀念外國傳教士巴克禮。

我想

能站成墓碑，一定不只一塊
花崗岩；

死了的時間，祂也一定是
最佳的公證人。

（2018.05.21／16:14舊莊候車）

想我

我必須先讓自己站成一塊墓碑，而不只是一塊
億萬年的花崗岩；

我必須自己先死，才能讓時間也同時
靜止；祂是一尊公正的神。

（2018.05.21／16:14舊莊候車）

半睡半醒

半睡半醒，我半裸的軀體
在木床上，今夜已醒過四五次

時針還是沒有翻越一個數字，
半睡半醒，我仍然屬於時間

（2018.05.25／02:15研究苑）

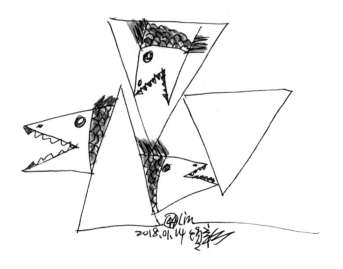

雲的重量

雲的重量，是黑是白

我看了很久，
最後的結論是

它在我心上。

（2018.06.08／16:20在306公車上）

水水水

水水水，我愛白開水。

白開水，水水水……

媽媽說：常喝白開水，

白白胖胖，水水水。

（2018.06.13／19:00研究苑）

附註：

水水水，閩南語諧音，好又漂亮。

端午返鄉

端午返鄉，和童年約會

他，不認識我
我，也不認識他

此岸彼岸，觀賞龍舟競渡

（2018.06.18／11:43端午節，首都巴士在雪隧中）

二龍河中的龍舟

淇武蘭和洲仔尾，

一條二龍河，養著兩艘龍舟

二百多年的一條故鄉水，鑼聲鼓聲

緬懷追悼二千多年前投江的詩人……

（2018.06.18／11:52端午節，回到礁溪）

夢境身世

我說的夢裡的九彎十八拐，
不是返鄉的北宜公路地景；

要是孤寂只是兩個字，
我又何必苦苦吞舌吐吐……

（2018.06.24／19:36研究苑）

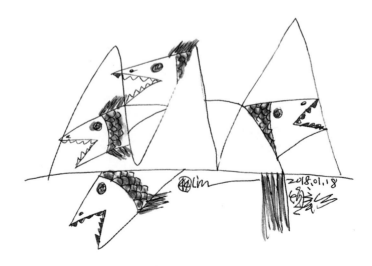

夢境今生

今生習慣在夢中和自己約會，

和自己對話，不怕被偷窺被竊聽

談什麼，自然會以私密為主

與身世有關，何以為何還要寫詩？

（2018.06.25／07:41研究苑）

眼中・心象

左眼一朵，右眼一朵；白雲
左邊一朵，右邊一朵；烏雲

左手一朵，右手一朵；棉花
左邊一朵，右邊一朵；靈芝

（2018.07.04／07:29研究苑）

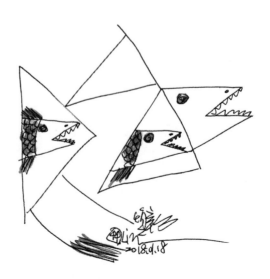

真·假

臺北·長沙，不遠
航程一小時55分；

地球·月球，更近
零點一秒就可降臨。

（2018.08.16／10:35廈航臺北飛長沙途中）

想飛‧就飛

想飛就飛，我可以

變成風，變成雲

也可以變成一粒塵灰；

沒有翅膀，我一一都能辦到。

（2018.08.16／10:49廈航臺北飛長沙途中）

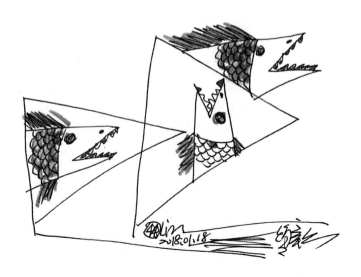

女人・男人

女人是愛面子的，

會花很多錢，買化妝品；

男人是不要臉的，

花的錢更多，可能都在女人身上

（2018.08.16／11:15廈航臺北飛長沙途中，臨座女士購物）

靜坐・如蟬

閉目，靜坐如蟬

要忍；

蛹蛻的過程，你有聽過

牠喊痛嗎？

（2018.08.16／11:14廈航臺北飛長沙途中）

一生・短短

一生，短短

長長八十年，今天是

母難日

我在空中飛行，更貼近在天上的媽媽

（2018.08.16／11:33廈航臺北飛長沙途中）

語言文學類　截句詩系21　PG2161

林煥彰截句
──截句111,不純為截句

作　　　者/林煥彰
責任編輯/林昕平
圖文排版/楊家齊
封面原創設計/許水富
封面設計/蔡瑋筠

發　行　人/宋政坤
法律顧問/毛國樑　律師
出版發行/秀威資訊科技股份有限公司
　　　　　114台北市內湖區瑞光路76巷65號1樓
　　　　　電話:+886-2-2796-3638　傳真:+886-2-2796-1377
　　　　　http://www.showwe.com.tw
劃撥帳號/19563868　戶名:秀威資訊科技股份有限公司
　　　　　讀者服務信箱:service@showwe.com.tw
展售門市/國家書店(松江門市)
　　　　　104台北市中山區松江路209號1樓
　　　　　電話:+886-2-2518-0207　傳真:+886-2-2518-0778
網路訂購/秀威網路書店:https://store.showwe.tw
　　　　　國家網路書店:https://www.govbooks.com.tw

2018年10月　BOD一版
定價:300元
版權所有　翻印必究
本書如有缺頁、破損或裝訂錯誤,請寄回更換

國家圖書館出版品預行編目

林煥彰截句：截句111，不純為截句 / 林煥彰
著. -- 一版. -- 臺北市：秀威資訊科技，
2018.10
　　面；　公分. -- (語言文學類)(截句詩系；
21)
　BOD版
　ISBN 978-986-326-622-8(平裝)

851.486　　　　　　　　　　107017634

讀者回函卡

感謝您購買本書，為提升服務品質，請填妥以下資料，將讀者回函卡直接寄回或傳真本公司，收到您的寶貴意見後，我們會收藏記錄及檢討，謝謝！
如您需要了解本公司最新出版書目、購書優惠或企劃活動，歡迎您上網查詢或下載相關資料：http:// www.showwe.com.tw

您購買的書名：＿＿＿＿＿＿＿＿＿＿＿＿＿＿＿＿＿＿＿＿＿＿＿

出生日期：＿＿＿＿＿年＿＿＿＿＿月＿＿＿＿＿日

學歷：□高中 (含) 以下　　□大專　　□研究所 (含) 以上

職業：□製造業　□金融業　□資訊業　□軍警　□傳播業　□自由業
　　　□服務業　□公務員　□教職　　□學生　□家管　　□其它＿＿＿＿

購書地點：□網路書店　□實體書店　□書展　□郵購　□贈閱　□其他

您從何得知本書的消息？

　　□網路書店　□實體書店　□網路搜尋　□電子報　□書訊　□雜誌

　　□傳播媒體　□親友推薦　□網站推薦　□部落格　□其他＿＿＿＿＿＿

您對本書的評價：(請填代號　1.非常滿意　2.滿意　3.尚可　4.再改進)

　　封面設計＿＿＿　版面編排＿＿＿　內容＿＿＿　文／譯筆＿＿＿　價格＿＿＿

讀完書後您覺得：

　　□很有收穫　□有收穫　□收穫不多　□沒收穫

對我們的建議：＿＿＿＿＿＿＿＿＿＿＿＿＿＿＿＿＿＿＿＿＿＿＿

＿＿＿＿＿＿＿＿＿＿＿＿＿＿＿＿＿＿＿＿＿＿＿＿＿＿＿＿＿＿＿

＿＿＿＿＿＿＿＿＿＿＿＿＿＿＿＿＿＿＿＿＿＿＿＿＿＿＿＿＿＿＿

＿＿＿＿＿＿＿＿＿＿＿＿＿＿＿＿＿＿＿＿＿＿＿＿＿＿＿＿＿＿＿

11466
台北市內湖區瑞光路 76 巷 65 號 1 樓

秀威資訊科技股份有限公司 　　收

BOD 數位出版事業部

....

（請沿線對折寄回，謝謝！）

姓　　名：＿＿＿＿＿＿＿＿　年齡：＿＿＿＿　性別：□女　□男

郵遞區號：□□□□□

地　　址：＿＿＿＿＿＿＿＿＿＿＿＿＿＿＿＿＿＿＿＿＿＿＿

聯絡電話：(日) ＿＿＿＿＿＿＿＿＿＿＿　(夜) ＿＿＿＿＿＿＿＿＿＿＿

E - m a i l：＿＿＿＿＿＿＿＿＿＿＿＿＿＿＿＿＿＿＿＿＿＿＿